육상경기장

육상경기장

초판 | 1쇄 발행 2011년 4월 30일
지은이 | 서상택 · 펴낸이 | 김소양
편집주간 | 김삼주 · 기획 제작 | 전민상
마케팅 | 김미원 · 장은혜
디자인 | 이현미, 양윤석, 윤나리

주소 | 서울 서초구 양재2동 299-5 남양빌딩 6층
마케팅 | 02-566-3410 · 편집실 | 02-575-7907 · 팩스 | 02-566-1164
블로그 | blog.naver.com/wrigle · 이메일 | wrigle@hanmail.net

발행 | ㈜우리글 · 출판 등록 | 1998년 6월 3일

ISBN 978-89-6426-033-3 03810

이 도서의 국립중앙도서관 출판시도서목록(CIP)은
e-CIP 홈페이지(http://www.nl.go.kr/ecip)에서 이용하실 수 있습니다.
(CIP제어번호: CIP2011001771)

* 잘못된 책은 바꾸어 드립니다.
* 책값은 뒤표지에 있습니다.

육상경기장

영원한 기초 스포츠
육상경기와 육상경기장을 위한
헌정시집獻呈詩集

서상택 시집

우리글

모든 스포츠의 기본이 되는 육상은, 스포츠 경기라고 부르기 이전에 인간의 가장 기본적인 움직임에서 시작된 인류의 생존과 직결된 운동입니다.

크게는 단거리, 중장거리, 달리기로 속도를 겨루는 트랙 경기, 기구를 사용해 높이와 거리를 겨루는 필드 경기, 트랙 경기와 필드 경기를 함께 치르는 혼성 경기, 걷기가 기본이 되는 경보, 지구력의 한계를 시험하는 마라톤으로 나누어지며 총 47개의 세부 종목으로 이루어져 있습니다.

이 시집은 지난 13년간 육상연맹의 홍보팀장으로 일하면서 늘 육상 알리기에 앞장서 온 서상택 이사가 '육상경기장'의 47개 종목 각각에 생명력을 불어 넣어 그 종목의 원리를, 선수들의 땀을, 그들의 열정과 꿈을, 환희와 좌절을 시詩로 노래한 책입니다. 그래서 마치 경기장에서 함께 호흡하는 것처럼 생생합니다.

이 시집은 스포츠라는 특수성을 넘어 모두가 공감할 우리네 삶을 노래하고 있어서 그 감동이 진솔하게 마음에 닿는 책입니다.
더불어 육상경기의 특징을 좀 더 다양하고 편안하게 전달하고 있
으므로, 선수와 지도자들을 비롯해 육상을 사랑하는 모든 사람의
마음에 강렬한 울림을 줄 것이라 믿습니다.

대한육상연맹은 2011년 8월, 대구에서 개최하는 IAAF 세계육
상선수권 대회를 맞이하여 우리 육상 발전의 큰 기회로 삼고자
최선을 다하고 있습니다. 국민 여러분의 관심과 응원을 부탁드리
며, 아울러 육상 경기장의 진정성을 시詩로 담아낸 시인의 뛰어난
문재文才와 노고에 격려를 보냅니다.

2011년 3월
대한육상경기연맹 회장
오 동 진

이 세상에 시詩로 노래되지 않아야 할 것이 있겠는가. 영혼이
깃든 사람들이 꿈을 꿀 수 있게 하는 것이라면, 그 어떤 것이든
그 자체가 바로 시詩이리라.

13년 동안 〈대한육상경기연맹〉직원으로 지내며 느낀 뜨거운 가
슴의 기억만으로 시집에 내 이름을 새긴다.
　두레박은 도르래에 이끌려 우물 밖으로 나왔을 때, 비로소 누군
가의 메마른 목을 축이는 기쁨의 순간을 만끽하게 된다. 그리고
바로 그 순간이 나를 비우게 되는 때임을 잘 알고 있다.
　육상경기장에 나를 보내주신 인연에 감사하며 참되게 일하는
것을 신앙처럼 믿으며 살고 싶다.

　고故 조병화 선생님 그리고 김삼주 교수님, 시인의 삶을 일깨워
주셨지만 이제야 그 귀한 깨달음을 조금씩 알게 되는 것 같습니다.
　오동진 대한육상경기연맹 회장님을 비롯한 육상경기인 여러분

의 열정에 감사드립니다. 그 열정이 제 가슴에 닿지 않았더라면 저는 한 줄의 시도 쓸 수 없었을 겁니다. 부족한 시의 해설을 기꺼이 맡아주시고, 과분한 칭찬을 아끼지 않으신 신중신 선생님께 뭐라 감사의 인사를 드려야 할지 모르겠습니다. 시집을 엮느라 애쓰신 도서출판 우리글 가족 여러분에게도 감사의 인사를 드립니다.

끝으로 저 때문에 육상 팬으로 살게 되었으며, 한국 육상 발전을 함께 응원하고 있는 판화가 장이향 씨에게 이 자리를 빌어 고마운 마음을 전합니다.

2011년 봄, 세계육상경기대회를 앞두고
잠실운동장에서
서 상 택

차례

II.
육상경기에 필요한 용구 사용설명서

I. 육상경기
47개 메뉴에 대한 레시피

단거리

단거리 레이스short distance race라고 부르는 육상경기는
100m와, 200m, 400m 남녀 경기가 있다.
단거리는 육상경기라는 범위를 넘어 주목받고 있으며,
순간의 스피드를 겨루는 종목이다.
공식 육상경기 중 가장 거리가 짧고, 가장 심플한 경기가 100m이다.
100m의 승자에게는 '세계에서 가장 빠른 사람'이라는 호칭이 부여된다.
세계 수준의 대회에서는 9초대의 기록 경쟁이 펼쳐진다.

질주무림疾走武林

– 100m 레이스 1 –

여덟 레인
발 빠른 강호强豪들이 들어서자
야수野獸들이 으르렁거린다
스타트 라인에서부터 몸싸움을 벌여
혼자 우뚝 설 기세다

길들여지지 않은 감각의 가시
꼿꼿이 선 창날이
살을 찢고 살아 솟구친다

모든 세포가 순간 숨을 멈춘다
붙었던 발이 먼저 떨어질라
부정 출발의 공포 앞에
꿀꺽, 심장도 침을 삼킨다

시간은 제로
반사신경이 개구리 혀처럼 튀어나간다
발목, 무릎, 허리에 묶인
질긴 고무줄 근육들이
자신을 잡아챈다

여덟 개 불화살이 과녁을 향해 달린다
박치기하듯 낮게
눈과 귀를 다 열고
두터운 바람벽을 창호지 뚫듯 뚫으며
빛으로 쏟아지고 있다

바람을 꿰뚫고

- 100m 레이스 2 -

사월 바람
무채색 껍질이
한 꺼풀 대패질로 벗겨져
저 숲 끝을 휘돌아나간다

깜짝 놀라는 사이
수면을 박차고 튕겨 오르는
농어의 농염한 몸짓

몸부림 끝에
은빛 비늘 조각을
벚꽃무리처럼 허공에 흩날린다

핏빛 아가미가
손짓하듯 숨을 쉰다
유리 파편이 날카롭게 빛난다
한 순간의 삶을 꿰뚫는
치열한 몸부림

광각렌즈 속 풍경
- 100m 레이스 3 -

스타팅 블록*의 혀를 잡아 빼내어
발에 맞춘다
호루라기 소리가 들리자
물러서서 코스 번호 뒤에 선다

또 한번의 호루라기에
앞으로 나선다
탬버린 두드리듯 허벅지 바깥쪽을 두드린다
초조하게 두드리는 손목
움직임이 빨라진다

'제자리에!'
심판의 낮고 무거운 목소리에
스타트 라인으로 나간다
손가락 끝으로 바닥을 누르고 앉는다

소실점 같은
텅 빈 여덟 개의 레인
붉고 하얀 길이 저 멀리서 기다리고 있다

하얀 신호 깃발이 올라가자

박차고 달려 나간다
다른 것은 보이지 않는
눈 먼 자들의 질주
젊음의 눈부신 잔치

*스타팅 블록Starting Blocks : 400m까지의 레이스에서 스타트를 할 때
발 받침대 역할을 하는 것으로, 움직이지 않도록 고정시키는 데 사용
되는 도구이다. 선수가 스타트 기세에서 발을 얹도록 두 개의 발판으
로 이두어져 있으며 선수의 스타트 자세에 알맞게 경사를 조절할 수
있다.

결승 경기
- 100m 레이스 4 -

파이널리스트
바람의 아들이 총출연했다
타악기들이 동시다발로
폭죽을 터뜨리며 달려 나간다

콜라, 사이다, 맥주, 샴페인
응축되어 있던 모든 숨결이
용수철처럼 튕겨져 쏟아진다

세 번 짧은 리듬을 바꾸며
몸의 음표들이 스타카토를 물고
오선지 같은 트랙을 숨 가쁘게 지나간다
여덟 대 피아노 건반 위를
심장 박동이 훑고 간다

남은 것은 수 초
탄산수처럼 맑고 짜릿한 환희
그래서 트랙 끝에서는 모두 길을 잃는다

뛰어본 사람만이 느낄 수 있는
세상의 중력

달린다

― 200m 레이스 1 ―

세상에서 먼저 시작된
트랙경기가 아니었을까

화려한 곡선을 달린다
나의 길은 J*
스타트 하자마자 왼쪽으로
굽은 곡선 길을 휘돌아 달린다

화려한 포물선이 끝나는 곳에서
직선 주로走路
다시 U턴
다리의 강한 탄력이
기어의 관절을 바꾼다

거울 속을 달리듯
내 눈에 내가 환히 보인다
여덟 개 대문이 눈앞에서 열린다

신세계가 비로소
활짝 펼쳐지고 있다

* J : 200m레이스는 100m와 달리 출발하자마자 곡선으로 된 레인lane을 달리게 된다. 이 때 U턴을 하듯이 달려 100m 직선 레인에 접어들게 된다. 관중석에서 보면 거대한 J 형태로 보인다.

천재지변

댐을 지탱하던 철근 콘크리트
구조물이 붕괴되고 있다
철봉 같은 어깨뼈가 무너져 내린다

골을 가득 채우고 있던 큰물이
그 아랫골로 뒤집히며 쏟아져내린다

산사태다
들판으로
그 너머 사람의 마을로
흙더미가 덮친다

바다와 하늘의 경계가 무너진다
몰려오던 버팔로 떼가 가쁜 숨을 몰아쉰다
한 번도 본 적 없는 해일
둑이 하얗게 일어서서 떠밀려오고 있다

무한질주

트랙 한바퀴
앞만 보고 달린다

빠르면 이기고
느리면 지는
냉엄하고 단순한 법칙
잔인한 왕좌 찾기 놀이

날치는 단번에
400m를 날아간다는데
전력 질주할 에너지가 없으면
아예 나서지도 마라

무겁게 저리다
팔, 다리, 엉덩이 근육이
비명을 지른다
산소 없이 달린다
단거리 무한질주

중·장거리

중거리 경기는 육상경기장 트랙 2바퀴를 경주하는 800m와 1500m,
장거리는 5000m와 24바퀴를 돌아야 하는 10000m가 있다.
조용히 전개되는 경기이지만,
자리싸움에시는 격투기에도 비유할 수 있을 만큼 격렬한 경기이며,
막판 스퍼트, DEAD HEAT가 전개되는 치열한 종목이다.

트랙의 격투기

- 800m, 1500m 레이스 -

천하의 싸움꾼들이 툭툭
왼손 잽을 집어넣는가 싶더니
오른손 훅이 순간
턱 밑으로 꽂힌다

트랙 안쪽은 짧지만
덫에 갇히기 쉽고
바깥쪽은 돌아가는 길

안쪽으로 치고 들어가자
미리 눈치채고 견제를 한다
끼어들자 바로 막아서는 레이서들

힘이 딸린다
길거리 싸움에서처럼
나를 누르고 다스리는 요령이 필요한
화려한 수탉들의 몸싸움

뜨거운 여름 주인 없는 허공에
땀방울이 깃털처럼 흩날린다
왼쪽 오른쪽 틈을 비집고

누군가 내 몸을 끌고
앞으로 뛰쳐나간다
800m, 혹은
더 머나먼 1500m

사투

- 800m 레이스 1 -

바람의 어깨에 몸을 부딪치며
라스트를 맞거나
막판 뒤집기를 걸다가
반전

생각할 겨를 없이
단 한번이다

이렇게 지고 말다니
죽어야 저승을 안다던가

몇 번 지다 보면 다시는
이길 수가 없다
잔머리를 쓰면 더
이길 수가 없다

짧고
참으로 기나긴 사투

몸, 달리다
- 800m 레이스 2 -

신호총이 울린다
천억 개 신경섬유로 꽉 찬 체세포
털 세운 고양이 떼들이 일제히 눈을 부릅뜬다
중추신경이 벌떡 일어나 붉은 근육을 건드린다
힘줄이 조여지며 뼈를 잡아챈다

나는 200개 넘는 뼈와 근육을
한데 잇고 묶어 달리는
기름칠 잘된 최첨단 동력장치

수천 분의 1초
메인 스타디움 붉은 트랙을 박차고 나가면
속이 뒤집혀 한꺼번에 쏟아질듯
450g 한 주먹 심장이
나만의 리듬으로 북을 두드린다
1분에 25*l*를 양수기가 뿜어낸다
2*l* 페트병 3개에 가득 차오르는 혈기

횡격막과 늑골, 가슴 근육이
공기를 뽑아 허파를 채우고 또 비운다
근육이 불길에 타오른다

피가 끓는다
비명을 지르며 산소를 먹어치운다

더 깊고 더 크게 영혼이 숨을 내쉰다
수백만 개 물 분자가 피부를 덮는다
소금, 칼륨, 질소 함유물, 이름 모를 유기물과
내 안에 고여 있던 슬픈 기억이
다 빠져 나간다

약동하는 60조 청춘의 세포 뭉치
나는 지금 살아 있다

승부

― 1500m 레이스 ―

스피드가 나야 기가 안 죽는다
산소 탱크가 깊어야 뒤집을 수 있다
단거리 스피드와
장거리 지구력이 어우러진 한 판

앞장서면 더 떨린다
따라오는 발소리
숨소리까지 들린다

터질 것 같은 가슴을 누르고
가쁜 숨구멍을 틀어막고
뒤따라 간다

숨소리조차 들리지 않게
숨 한번 안 쉬고
아웃코스로 잡으러 간다

장거리 경주 선수

- 5000m 혹은 10000m 레이스 -

근육이 조각조각 부서지는 것 같더니
달리는 기술이 늘수록 통증은 줄어든다
피 섞인 물집도 짓무른 발가락도 점점
바다 빛깔로 변해간다
굳은 아스팔트 바닥처럼 단단해진다

힘의 나눗셈을 익히며
몸의 경제학을 공부한다
지면서 이기는 수를 배우고
끝까지 살아 돌아오는 법을 익힌다
묵묵히 침묵의 무게를 저울질 하고
고독의 두께를 오차 없이 재는 재봉사가 된다

언젠가 나는 마라토너가 될 거다
겨울 훈련을 두 번 더 견디면
국가대표가 될 거다

대회가 끝나면 집으로 돌아가
어머니가 차려주신 따스한 밥상 앞에서
자랑스레 돈 봉투를 내밀 거다

어떤 희망

- 10000m 레이스 -

횃불을 밝혀 들고 달린다
아킬레스 건이 땅을 쿵쿵 울리더니
땅에서 10cm쯤 떠서 공중을 난다

더 이상 가난하게 살 수는 없어
사랑하는 너를 놓칠 수는 없어
포상금을 타면 사랑을 고백할 거야

신대륙을 찾아 떠나는 범선처럼
바람에 실려 달리는
청춘의 푸른 발뒤꿈치

마라톤

스스로 즐겨 달리는 동호인이 많은 인기 종목이지만,
42.195km의 거리를 달리려면 강인한 의지와 정신력은 물론
여러 가지 사전 준비가 필요하다.
엘리트 선수들의 경기 중반부터 후반부까지의 전술이 볼거리다.

없다, 아니 있다
- 마라톤 1 -

달궈진 프라이팬 위에서 끓어 넘치는
토마토케첩 같다
발바닥부터 열기가 느껴진다
점점 뜨거워지는 푸르게 멍든 발가락

신기루가 피어오른다
황금빛 생맥주 한 모금이 그립다
차가운 물기를 머금은
여름 과일 향기가 코끝을 스친다
누군가 건네는 차가운 물 한 모금에
갈증 난 기억 세포가 환상을 쏟아낸다

영혼은 무중력 사이에 머물러 있고
몸은 위, 아래로 나뉘어져
삐걱거리는 관절이 불길한 소리를 내뱉는다
예리한 통증이 가슴을 꿰뚫는다
에너지가 소용돌이친다
먼 곳을 흐르던 유성이 은빛 물거품을 뿜더니
뼛속으로 스며든다

이윽고 메인스타디움

거대한 모터 소리가 들린다
그 함성에 이끌려 작은 먼지뭉치처럼
진공청소기 속으로
지구의 핵을 향해 내가 빨려 들어간다

내가 없다
아니, 온 세상에 나뿐이다

독거獨居

- 마라톤 2 -

꿈꾸듯
꿈같은 길을 달린다

함께 출발했지만
흐르는 물과 바람 길 위에
하나 둘 낙화가 되어 떠내려가고

외로워도 좋다
나는 길 위에서 멈춰 서지 않을 거다
텅 빈 길
한 그루 나무로 남을 때까지
달리고 또 달릴 거다

내게 부끄럽지 않은
나에게로 돌아가는
그 길

그 자리
- 마라톤 3 -

죽도록 그리워해도
이룰 수 없는 사랑이 있듯이

아무리 달려가도
끝내 다다를 수 없는 곳이 있다

더 나아갈 수 없어서
멈추어 선
그 자리

42.195km

42.195km

– 마라톤 4 –

아무나
들어갈 수 없는
비밀의 문

한없이
그 아이를 기다리고 섰던

골목 안
반쯤 열린
파란 철 대문

밥과 눈물
– 마라톤 5 –

허기가 져서
뛰지 못하던 시절이 있었다
밥을 집어넣어야 비로소 달릴 수 있는
42.195km

밥 힘으로 사는 거다
시계도 밥을 먹던 시절
오리엔트 손목시계가
최고의 우승 상품이었던 그 시절
대회 우승을 해야 맛 볼 수 있던
자장면 한 그릇

연습 중에 물을 마셨다고
밥 훔쳐 먹은 놈처럼 두드려 맞으며
훈련이 끝날 때까지
사막을 달렸다

대표선수가 되어야 비로소
하루 세끼 밥을 맘껏
먹을 수 있던 그 시절

3000m장애

서른다섯 번의 장애물을 넘어야 하는 힘든 경기이다.
다섯 개의 장애물과 한 개의 물웅덩이가 트랙에 놓이는데,
특히 물웅덩이에 빠져 신발과 옷이 젖는 경우가 많다.

해병대

- 3000m 장애물레이스 1 -

숲을 지나
강을 건너
언덕을 넘어
그냥 달리는 게 아니다

400m 트랙 일곱 바퀴 반을 돌며
스물여덟 번의 장애물
일곱 번의 물구덩이를 건넌다

먼 길 돌아가느라
몸은 지치고
숨이 턱까지 차오른다
아지랑이 피어오르는 어깨
하얗게 불어버린
팝콘 같은 발가락

웃지 마라
물에 빠진 내 몰골
허들 위에 앉았다 껴안고 넘어가는 사이
발목까지 빠지던 물이 점점 더 차오른다

숨을 곳이 없다
인생은 큰 물을 건너는 일
물속에 빠지기도 하지만
벌떡 일어나 뛰쳐나와야 한다
도망치지 않고
나 자신과 맞서야 하는 거다

신앙처럼

- 3000m 장애물 레이스 2 -

물웅덩이 앞에
사진기자들이 무릎을 꿇고
엎드린다

교회 첨탑尖塔을 향해 달리다
담장 위를 밟고 뛰어
물을 건넌다
순간
무지개가 피어오른다

오, 아멘,
일제히 셔터를 누른다
신을 빼어 닮은 육상선수

천사의 눈부신 날개를
렌즈에 담는다
그들의 젖은 발을 향해
온 세상이 경배한다

허들이 가로 막혀있지 않기라도 한 것처럼 선수들이 달려 나가
허들을 넘는 자세가 볼거리이며, 약동감이 넘치는 종목이다.
여자는 100m 허들, 남자는 110m 허들 경기가 있으며,
400m 허들 경기는 남녀가 동일한 거리를 달린다.
하지만 남녀별, 종목별 허들의 높이나 배치 간격이 다르다.

기술
- 허들 레이스 1 -

여린 꽃잎인 줄 알았는데
이제 보니
바위 속을 뚫고 나온 힘찬 암반수다

물의 허리 곡선과
바람의 살결을 애무하며
미친 듯이 춤을 춰라
부드러움이 강한 것을 이긴다

넘고, 또 넘어라
열개의 허들

머리를 숙여라
허리 높이 조절 볼트를 빼내고
중심을 낮춰라

두 발로 출입문을 박차고
징을 울리며 달려 나가라
세상 밖으로

어떤 날개

일제히 움직인다

76cm이거나 107cm쯤 되는 키
10kg의 몸무게
어깨가 사각으로 반듯한
80명의 병정들이 펼치는
무관의 사열식

오뚝이처럼 누웠다 일어나는
은빛 울타리 위를
푸른 청춘이 파도처럼 넘나든다
세상의 벽을 넘어 하늘로 날아든다

또 다른 벽
- 허들 레이스 3 -

너를 넘어라
세렝게티*로 몰려드는
청회색 누우 떼처럼
비 냄새 가득 들이마시며
습지와 강을
생명의 초원을 내달려라

오늘 넘어야 할 허들은 열 개이지만
내일 바깥세상에서는
얼마나 많은 허들을 넘고
또 넘어야 할까

집을 나서면 겹겹이
바리케이드가 앞을 막아선다
대전차호壕와 지뢰
방책防柵와 해자垓子가
천지사방에 깔려 있지만
들여다보면
텅 빈 박스 같은 세상

마음껏 뛰어 넘어라

다시는 돌아오지 않을
단 한번
번개 같은 젊음

*세렝게티Serengeti : 탄자니아 서부에서 케냐 남서부에 걸쳐 있는 3만km²
가 넘는 땅으로, 30여 종의 초식동물과 500종이 넘는 조류들이 함께
살아가는 곳이다.

놀이뛰기

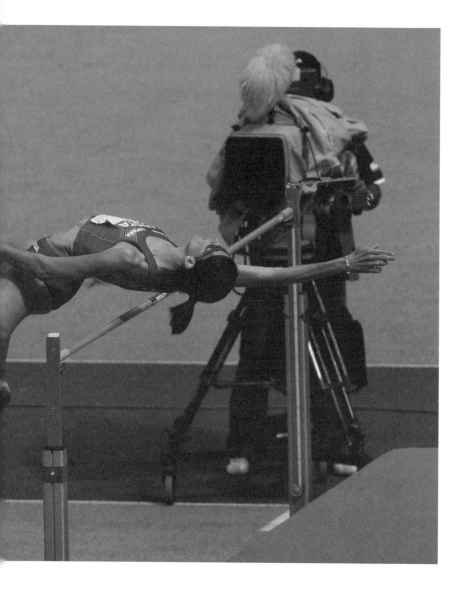

달려와서 자신의 키보다 더 높은 곳을 몸 전체로 뛰어넘는 모습이
아름다운 경기다.
몇 cm 치이로 펼쳐지는 싸움이 아슬아슬한 긴장감을 더한다.

음표
- 높이뛰기 -

눈으로 먼저 넘어본다
이제 더 이상
넘는 법을 묻지 않을 거다

어릴 때부터 배워온 습관대로
뚫어져라 바라보는 시선 트레이닝
바bar와 벌이는 한판 눈싸움

달려가 한 발로 구른다
직선이 끝나는 곳에서
곡선이 원심력의 꽃으로 피어난다

땅바닥에 힘차게 던진 공이
영화처럼 눈앞에서 솟구친다
물처럼 빠르게
바위를 스치며 유연하게
골을 돌아 지나간다

숨을 깊이 몰아쉰다
나는 지금 허공에 걸린
높은음자리표

문득 뒤를 돌아본다
누가 감히
나를 넘으려 하는가

장대높이뛰기

손에 쥔 장대로부터 선수의 몸이 떨어지는 순간, 누구나 숨을 멈추게 된다.
세계 수준의 선수들이 넘는 높이는 대개 이층 건물 높이에 해당한다.
어지 장대높이뛰기는 2000년 시느니 올림픽에서 성식 송복으로 채택되었으며,
우리나라에서는 1999년부터 도입, 개최하고 있다.

축하의 날

풀잎 끝에 몸을 실어
구부렸다 펴면서 튕겨내는
초록빛 반동에
내 몸을 잠시 맡겼을 뿐인데

하늘을 날던 제비가 웃고
구르던 굼벵이도
깜짝 놀라 쳐다보네

여자 장대높이뛰기
한국 기록 수립의 날

장대를 잡고
- 장대높이뛰기 2 -

예삿일이 아니다
여자가 장대를 잡는 일

장대를 다시 감아쥔다
손바닥 껍질이 밀려 벗겨진다
벌건 살이 타오르는 것 같다

사랑도 이렇게 아플까
아픔을 쥐고 사는 게
사랑일까

나는 가장 높이 나는 육상선수
유리섬유 날개를 달고 지금
절벽 위에 서 있다

아무것도
붙잡을 것 없는 곳에서
칼끝을 꼭 쥐어 잡는다

이카로스의 노래
- 장대높이뛰기 3 -

너무 높이 날면
태양에 밀랍이 녹을 거다

너무 낮으면
바다 물보라에 깃털이 젖을 거다

신화 속의 하늘을 어루만지다가
구름을 발끝으로 건드려 본다

세상은 지금
내 발 아래 있다

스승
- 장대높이뛰기 4 -

1.
떨어져라
누군가를 짓밟으며
무언가에 매달려
끝없이 오르던 어제가 있었다면
추락하는 오늘도 있는 거다

허공에 나를 맡기고
춤추듯이
비명도 한숨도 없이
바닥을 향해 내려간다

2.
황금빛 나무 숲
장대높이뛰기 경기장에서
낙엽비만 하루 종일 보고 있었다

떨어지는 법을 가르쳐주는 스승
가을
육상경기장

멀리뛰기

선수에 따라 다양한 도약 방법과 스피드 넘치는 공중 동작이 볼거리다.
단 한번의 도약으로 승패가 결정되는 순간 누구나 손에 땀을 쥐게 된다.

3차 시기
– 멀리뛰기 1 –

1차, 2차 시기*로
다 끝났다

3차 시기는
하늘이 약속한 신의 선물
이제 또 한번의 기회를 거머쥔다

판도라 상자 안에 숨어
얼굴을 가리고 있는 연둣빛 봄

그 희망이
무거운 문고리를 열며
천천히 들어서고 있다

*시기Trials : 높이뛰기와 장대높이뛰기를 제외한 모든 필드경기에서 8
명을 초과하는 선수가 경기를 할 경우 각 선수에게 3회의 경기 시기를
허용하고, 그중에서 성적이 가장 좋은 8명의 선수에게는 3회의 추가
시기를 허용한다.

모래알 같은 기억
- 멀리뛰기 2 -

오래된 풍경 속에서 체육선생님이
팔 다리 모아 흔들며 가르쳐줬지
운동화 속에 파고들던 모래알만 기억나는
제자리멀리뛰기

오월의 밤바다 해운대
지금도 그 해초 바람 기억나네
맨발에 붙어 떨어지지 않던 모래알처럼
울음소리조차 낼 수 없었던 짝사랑

그 얼굴 앞에서 또 멈춰서네
차갑게 빙빙 도는
몽환 같은 가위눌림에서 깨어나는 순간

육상경기장에서 바라보네
본부석 건너편 햇살이 비춰드는 곳
세상천지 모르는 소년과 소녀들이
발 구름판을 향해
오늘도 달려가는

그 순간
- 멀리뛰기 3 -

발바닥으로 구름판의 따귀를 때린다

앗, 걸렸다
밟는 순간 감이 온다

쭈욱 ─
튜브 밖으로 연고軟膏가
뱅그르르 돌며 밀려 튀어 나온다

여름 광장의 분수
물 파편이 하늘로 치솟는다

허공에 줄 없이 걸려 있던
그 길고 긴 시간

어떤 코치에게

가르치는 일은
어제 훈련에서 다 끝났다

이제 스스로 배우게 하자
스탠드에 서서
경기장 안을 향해 소리 지르는 일도
그 어떤 심부름도 시키지 말자
입 다물고
그를 위해 침묵으로 기도할 뿐

사랑하는 이에게
사랑을 느낄 시간이 필요하듯이
스스로 생각하고 깨우칠
외로움의 시간을 던져 주자

삶은 그렇게
혼자 남는 거다

세단뛰기

홉, 스텝, 점프의 세 단계로 이루어지는 경기이며
도약한 거리에 따라 순위가 달라진다.
세계 수준의 기리는 18m 이상으로 성비로운 기복이다.

사막 혹은 항구
- 세단뛰기 1 -

어쿠스틱 사운드 위에 치즈가 녹아든다
담배연기 자욱한 술집
비틀즈 레코드가 멈추지 않고 돌다가
중심으로 넘어가 헛돌던 그 밤
너무 많이 취해 더는 기억이 나지 않는다

성급한 스피드의 젊은 힘
정 박자 리듬이 앞장서서 유혹하면
농익은 테크닉의 노장
빠른 엇박자 비트가
화려한 발놀림을 선보인다

균형을 잃지 않고 여유로운 너는
역동적 에너지를 뿜어내는
타악기 연주자

북을 두드리며 길을 나서면
창 너머로 사막이 펼쳐지고
까치발 딛고 서서 바라보면 언젠가
클레*의 낯익은 푸른 항구도 보이겠지

*파울 클레(1879-1940) : '현대추상회화의 시조'라 불리며 예리한 통찰력과
뛰어난 드로잉으로 느낀 주관적 감흥을 환상적인 화폭에 담아냈다. 푸
른 항구는 아프리카 튀니지 시디 부 사이드를 뜻한다.

주의사항
- 세단뛰기 2 -

홉hop
스텝step
점프jump
카드 3장

달음질하다가
한번 앙감질하고
다른 발로 땅을 딛고
저 멀리로
익숙하지 않은 다리 하나로
삶의 바닥을 구른다

삼단도三段跳, 삼단뛰기, 세단뛰기,
세발뛰기, 세 번 뛰기, 트리플 점프

이름은 많아도
주의 사항은 단 한 가지
땅이 겁을 주더라도
절대 균형을 빼앗기지 말 것

살아가는 법
- 도약경기* 선수 -

내가 나를 내던진다

모래 바다에
바닥 모를 늪에
꽁꽁 언 겨울 강에
전갈이 잠든 사막에
물 마른 돌바닥 개천에
비린내 나는 질척한 어시장 바닥에
사정없이 나를 버린다

그렇게 살아야
제대로 사는 거다

*도약경기 : 멀리뛰기, 세단뛰기 등 도약경기의 착지 장소는 너비 최소
2.75m 이상, 최대 3m이내의 크기로 부드럽고 습기 있는 모래로 채워
야 하며, 상부 표면은 발구름판과 수평이 되어야 한다.

포환던지기

투포환이라는 이름으로도 잘 알려져 있는 이 경기가
실제 대포의 포환을 던지는 것은 아니다.
해머와 같은 무게의 포환을 한 손으로 밀어 전방을 향해 던진 후
날아간 거리를 재어 승자를 뽑는다.

어떤 꿈
– 포환 던지기* –

포환이든, 삶의 무게든
혼자 짊어져야 한다
내가 얼마나 무거운지 알게 되면
너도 말을 잃을 거다

내게 귀를 대면
심장 뛰는 소리가 들린다
신발로 내 머리를 밟거나
가슴을 걷어차지 마라
포환은 던지는 것이 아니다
우주를 향해 쏘아 올리는 쇠 공
나의 꿈

꿈을 꾸면
날개를 더 펼치게 되겠지
그렇게 꾸는 꿈만큼
내 노래가 너에게도 들리게 되겠지

*포환던지기Shot Put : 어깨에서부터 한 손으로만 던져야 한다. 선수가 서클 안에서 던지기를 시작하는 자세를 취했을 때는 포환이 목 또는 턱에 닿거나 가까이 근접하여야 하고, 투척 동작 중에는 손이 이 자세보다 아래로 내려와서는 안 된다. 또한 포환을 어깨선의 후방으로 가져가서도 안 된다. 포환 무게는 여자는 2~4kg, 남자는 2.721kg~7.260kg이다.

원반던지기

여자 1kg, 성인남자 2kg 무게의 원반을 서클 안에서 회전하면서 던져
날아가 거리를 재어 승자를 뽑는다.
회전하면서 던지는 모습을 눈여겨보아야 한다.

눈빛
- 원반던지기 1 -

살면서 저런 눈빛으로
세상을 바라본 적이 있었던가
엄마 품에 안겨 있는 듯한
별이 쏟아지는 듯한
큰 눈

한 손으로 원반을 잡고
두 팔을 벌린 채 빙그르르
무아지경으로 몸을 회전시키고 있다

입영하기 전날
깡소주에 우울한 포크송을 들으며
밤을 지새우던 친구의 다락방
그 가난한 통기타 시절
첫사랑 고백을 준비하던
나도 저런 눈빛이었을까

갸웃갸웃 아프게 흔들리는
젖은 들꽃 같은
저 눈

젊음의 시간
- 원반던지기 2 -

원반의 중심과 손바닥 사이에
숨 쉴 자리를 만들어놓고
이제 힘을 빼야 한다

투명한 공기의 반항
말썽꾸러기처럼 터져 나오는
너의 끼를 살살 달래며
순서대로 줄을 세워
거친 원심력을 안아주고
아이처럼 다독인다

투사각 39도 1kg, 2kg짜리 새가
지금 새장을 떠나고 있다
꿈을 훔치고 싶어 떠났던
철없던 어린 날의 가출처럼
손과 손목 밑으로 원반이 빠져 나간다

사랑하는 사람의 나지막한 속삭임이
바람과 함께 쓸려 간다
다시는 돌아오지 않을 이 순간

원반 던지는 사내
- 원반던지기 3 -

BC 450년* 된
근육질 사내를 본다

정점에 달한 긴장의 순간
약동하는 생명의 힘
끓어오르는 심장의 북소리가
저 멀리 서 있는 게양대처럼 당당하다

원반의 좁은 틈 속에
몰래 접어 둔
커다랗고 우아한 깃털

날이 시퍼런 단도를 가슴에 품고
하늘에 펼치는
세상을 다 덮고도 남을 만한
꿈의 날개

*BC 450년 : 그리스 조각가 미론Myron이 '원반 던지는 사람Discobolos'
 을 청동으로 제작한 해. 그러나 원작은 전해지지 않고 로마의 란체로
 티 궁전에 있는 대리석으로 만든 모각模刻이 유명하다.

아티스트

– 원반던지기 4 –

나는 둥근 대포알을 쇠줄에 매단 전사
스스로 살아남아야 하는 종합격투기 선수
높이 7m 그물망 안에서 투혼을 불사른다
다윗의 숨길을 내뿜는다

사랑하려면
사랑을 모질게 견뎌내야 하듯이
7.257kg을 돌리고 내던지려면
270kg 원심력 그 무거운 짐을
스스로 만들어 이고 견뎌내야 한다

세상사는 일도 그렇겠지
중심을 지켜내고 살기가 어디
호락호락 쉽더냐

턴
가상의 축을 중심으로 하나가 되어
팽이처럼 회전하며 나아간다
3회전 턴을 하는 순간
나는 최고의 아티스트다

창던지기

던지는 종목 중에서 유일하게 스피디하게 달려와 던지는 종목이다.
따라서 주력이 요구되며 선수는 스파이크가 장착된 슈즈를 신고
경기를 하게 된다.

그 눈망울
- 창*던지기 1 -

던지고 나서
무릎 위에 두 손을 올려놓고
날아가는 곳을 끝까지 바라보라

우리도 잠시 숨을 멈추고
돌아서는 너의
두 눈을 바라볼 터이니

도전하는 사람의 눈
꿈을 창끝에 실어 하늘로 날리는
청춘의 눈망울

*창The Javelin : 촉과 자루와 끈으로 감은 손잡이, 세 부분으로 이루어져
있다. 자루에는 끝이 뾰족한 금속제 촉을 고정시켜야 한다. 무게는 여
자의 경우 600g, 남자는 600g~800g이다. 길이는 여자의 경우 최소
2.2m, 남자는 최소 2.2m~2.6m로 규정하고 있다.

박제剝製
- 창던지기 2 -

언제부터였을까
짧은 내 삶은 참으로 길어
죽음과 삶의 연대기 속에 이어져 왔다

물고기 눈을 찌르거나
깃발을 펄럭이며 싸움터를 누빈
핏빛 전사였지만
이제 나는 꿈의 기지개를 켜는
비상飛上의 상징

질긴 근육과 예리한 발톱은
매의 눈빛으로만 살아 번득일 뿐

경보

'달리는 것보다 더 어렵다'고 한다.
걸으며 스피드를 겨루는 종목으로
세계 수준의 경기자도 실격을 당하는 경우가 종종 있는 힘든 경기이다.
남자는 20km, 50km 경기가 있으며 여자는 20km 경기가 있다.

걸어가는 나무

- 경보* 1 -

1.
건반 울리는 소리가 들리네
그 위로 수많은 발자국들이 지나가네
이사하던 날 비닐장판 위에
움푹 패어 있던 장롱 발자국
빈 장독대 위의 둥근 흔적
바라만 보아도 콧날이 시큰해지는
삶의 무게

2.
메인 스타디움을 둘러싸고 있던 나무들이
올리브 늘어선 주택가를
반달음질로 왕복하며 걷고 있네

아테네의 초록빛 아침

닭이 먼저일까
계란이 먼저일까
달리는 것이 먼저였을까
걷는 것이 먼저였을까

*경보Race Walking : 경기를 할 때 각 스텝에서 전진하는 발이 뒷발을 지면에서 뗄 때까지 지면에 닿아 있어야 한다. 스텝 하는 동안 지면에 닿아 있는 쪽의 다리는 적어도 일순간 무릎을 펴며 곧아야 하고, 몸을 받치고 있는 다리는 수직으로 곧게 펴야 한다. 세계선수권과 올림픽 종목으로 남녀 20km, 남자 50km가 있다.

먼 길
- 경보 2 -

늘 젖어 있네
응원하다가도 지치는 거리
50km

아침 7시에 떠나 4시간을 걸어
하나, 둘
텅 빈 메인 스타디움으로 돌아오고 있다

힘을 다 쏟아내 말을 잃어버린 걸까
고단한 다리를 색종이처럼 접고
비둘기가 되어 바닥에 모여 앉는다

'What a wonderful world'
땀 한 방울까지 다 짜내는 듯한 목소리가
메아리로 번진다
아름다운 세상이 지금
빗물 같은 땀에 젖어들고 있다

두 발이 동시에 바닥에서 떨어지진 않았겠지
무릎을 구부린 건 아니겠지
파울이 난 건 아니겠지

릴레이

마라톤 등 도로 경기의 단체전을 제외하고는,
개인으로 겨주하는 육상경기 중에서 유일한 단체 경기이다.
선수 개개인의 스피드에 더해 배턴 패스의 테크닉과 팀워크가
승패를 좌우하는 중요한 요인으로 작용한다.
육상경기장 400m를 4구간으로 나누어 경주하는 4×100m 릴레이와
1명이 각각 육상경기장을 한 바퀴씩 돌게 되는 4×400m 릴레이가
남녀별로 펼쳐진다.

혹은 바통
- 릴레이 레이스 -

은빛으로 빛나던
유년시절 운동장으로 되돌아간다

빳빳하게 풀 먹여 다림질한
선생님 체육복이
햇살보다 눈부셨던 체육시간

지금도 친구들의 함성과
대나무 바통의 기억이
덜 마른 페인트칠처럼 묻어나온다

내려놓았다가 다시 잡는 순간
시작과 끝이 한데 이어지는
역동적인 윤회

배턴 한 토막에서
얼마나 많은 땀이 배어나올까
얼마나 긴 사랑 얘기가 흘러나올까

II. 육상경기에 필요한 용구 사용설명서

늙은 스타팅 블록의 응원가
- Starting Blocks 1 -

쉿, 움직이지 마라
묵묵히 자리 지키며
너를 받쳐 주는 것이
나의 운명이다

들린다
새가슴 팔딱이는 소리
가늘게 떨고 있는 숨소리

겁먹지 마라
네가 더 무섭다
심판의 숨소리까지 귀 기울여라
땀 솟는 소리까지 들어라

내 등을 밟고 일어서라
경기는 단 한번뿐
반환점은 없다

어떤 질문

- Starting Blocks 2 -

1.
사랑을 시작하게 되었나요?
은빛 스타팅블록 앞에 이제 나서야 합니다
반칙을 찾아내고
때로는 발판이 되어 주는
두 얼굴

2.
아세요?
사랑을 시작하는 순간 풀잎처럼 향기롭지만
또 다른 사랑에 대해서는
절제하며 감시당한다는 것을

3.
사랑을 시작했지만
실격 당하고
이별을 하네요
언제쯤이면
나만의 사랑을 만나게 될까요?

추리닝과 스포티브 룩

1.
늦잠 잔 까치집 머리
점심때쯤 동전을 뒤져
라면 두 봉지 사러 나올 때
무릎과 엉덩이 앞뒤로
똑같이 튀어나온 회색 추리닝

2.
피트니스 센터에서 막 나온
S라인 20대가
섹시하게 활보하고 있다
당당한 스포티브 룩Sportive Look

스파이크
- 경기화* 1 -

숫돌에 막 갈아놓은
칼날처럼 차갑다
송곳니를 드러낸 야수가
쇠못 자국 내며
억센 발톱으로 바닥을 박차고
힘차게 달린다
바람의 종아리를 할퀴며 내달린다

탁, 탁, 땅을 향한 날카로운 울림
우주선이 발사대에서 불을 뿜듯
빛 에너지가 쏟아진다

열한 개 스파이크가
지구의 바닥을 재봉질하며
광풍을 일으키고 있다

---

*경기화 : 밑창과 뒷굽은 최대 11개 이내의 스파이크를 부착할 수 있도록 제작되어 있으며, 돌출된 스파이크 길이가 9mm를 초과해서는 안 된다. 단, 높이뛰기와 창던지기 경기에서는 12mm를 초과해서는 안 된다.

끈
– 경기화 2 –

1.
끈을 풀며 생각한다
지난 번에 끈을 끼우며
묶은 것들은 무엇이었을까
바람 같은 생각들을 이어 묶느라
시간을 잇대어 온 것은 아닐까
내 자유의 목을 스스로
조여 맨 것은 아닐까

사는 일 어차피 묶고 푸는 일이라면
매듭을 자르려 하지 말고
틈을 만들고 흔들어 잡아당기거나
조르거나 다시
돌려놓으며 살아야 하는 것

2.
몇 개 구멍에 끈을 집어넣고
다시 구멍으로 빼내다가
신발 끈을 끼우는 법이
갑자기 생각나지 않는다
어디 물어 볼 데도 없는데

신발

- 경기화 3 -

또 다른 내 발
새 신을 신으면
무딘 맨발의 신경이
예민한 잔뿌리를 내린다

마른 이파리 한 조각만
깔창 속에 숨어 들어와도
더듬이처럼 찾아내고
귀처럼 읽어낸다

이 녀석 등에 올라타고 힘껏 달려야지
재갈을 물리듯
끈을 힘차게 묶는다

아침저녁 졸라맸다 다시 푸는
목줄 같은 넥타이

신발에도 영혼이 있다면

- 경기화 4 -

내 발 밑에서
세상도 함께 달렸다

1960년대
못이 거꾸로 밑창을 뚫고 치솟아
발바닥을 찌르던 고된 선수 시절
선배의 낡은 스파이크를 대물려 신던
동대문운동장 대륙체육사가 만든
대륙 스파이크, 대륙 슈즈

1970년대
이 녀석만 믿고 달렸다
하얀 바탕에 파란 두 줄 한가운데
눈부시던 빨간 한 줄
범표 삼화고무 톱날형 생고무 밑창 러닝슈즈

1980년대
겉멋이 잔뜩 든 나날
까만 바탕에 하얀 날개 프로스펙스
나이키, 아디다스, 미즈노, 프로월드컵에
편하고 튼튼했던

까발로, 죠다쉬, 슈퍼카미트 그리고
오니츠카 타이거

이름만 들어도 투혼이 되살아나는
신발의 전설 같은 시대

제킨 넘버
- 선수표* 1 -

경기복 가슴에 번호표를 꿰맨다
올림픽 대표로 선발되지 못했던 그날
나를 찔러대던 기억의 바늘 끝으로
한 땀 한 땀 아픔의 틈을 기운다

나는 휘장을 밀치고
이름이 아닌 숫자가 되어
깃발을 휘날리며 달리겠지

제킨 넘버
또 다른 내 이름이
야광시계의 꿈처럼 칠흑 방에서
초록으로 환히 빛나고 있다

*선수표Athlete Bibs : 육상경기에서 경기 참가자의 가슴과 등에 붙이는
번호표. 영어 표기는 아니지만, 한 때는 흔히 제킨zeichen 넘버number
라고 불렀다. 지금은 선수표Athlete Bibs라 부르며, '모든 선수는 경기
중 가슴과 등에 분명히 알아볼 수 있게 번호표를 붙여야 한다. 단, 높
이뛰기와 장대높이뛰기에서는 가슴과 등 어느 한쪽에만 붙여도 무방
하다'라고 규정하고 있다.

어떤 이름

− 선수표 2 −

24cm×20cm
너무 크다

가장자리를 접고 달린다
심판의 목소리가 짱돌처럼 날아온다

"자르거나 접거나 가리면, 참가 정지다!"
"번호표가 너무 커요!"
"아니, 경기복이 너무 작구나!"

한 몸이 되어 붙어 있던 번호판이
지금 트랙 위를 굴러다니고 있다
누군가의 투정처럼
한숨처럼

스톱워치

깃발 신호에 맞춰
땅을 박차고 내달리던 50m 달리기
체육선생님이 들고 있던 초시계
그 속에 담겨 있던
진짜 내 기록은 얼마였을까

우리 앞날처럼 아무도 몰랐지
1730년에 처음 만들어졌다는
이 조그만 주머니 속 스톱워치

번개의 꼬리 길이와
바람의 무게를 재는 초시계에
사탕처럼 달콤한
시간의 향기가 스며들어
잊히지 않는 기록으로 남아 있다니

사진관
− 사진판정장치* −

얼마나 오래 되었을까
트랙이 끝나는 곳에 서 있는
육상경기장 사진관

턱을 당기거나 들거나
한 쪽 어깨를 내리거나 올리거나
사진사는 상관하지 않는다

머리빗질도 필요 없다
전신만, 옆모습만
백분의 일초까지 속도만 찍는다

이곳에서는 저마다
서둘러 꿈을 찍고
황급히 자리를 박차고 떠난다

긴 인화지에
떠나지 못한 갈매기 여덟 마리
그물에 걸려 누워 있는
그 사진관

* 사진판정장치Photo Finish System ： 트랙 경기에서는 선수의 머리, 목,
팔, 다리, 손발을 제외한 몸통 부분이 피니시 라인에 닿은 순간까지의
시간을 잰다. 이때 정확한 기록 측정을 위해 사진판정장치를 사용한다.

승리의 머리띠

트랙을 밟고
말총 같은 붉은 띠를 펄럭이며
바람 속을 달린다

띠를 묶는다고 해서
메달을 따게 되는 건 아니지만
포기하지 않겠다는 당찬 결심이
깃발처럼 눈부시다

어금니 깨물듯 띠를 질끈 동여매고
세상 밖으로 달려라
필승!
붉은 디아데마diadema*

*디아데마diadema : 고대 그리스에서 사용하는 관대冠帶, 머리띠, 금속
제 머리장식을 뜻하며 주로 여자용이지만 경기 우승자의 머리띠도 이
렇게 부른다.

물웅덩이

– 3000m 장애물 레이스* –

3월의 빈 웅덩이에
기다란 호스를 갖다 대고
물을 채운다
물속에 빠질 선수들
체감온도가 느껴지자 소름이 돋는다

하늘이 내려와
육상경기장 절반이 반신욕 하듯
들어와 담긴다

그곳에 디딤돌을 놓는다
삶의 어떤 걸림돌에도
걸려 넘어지지 않게

* 3000m 장애물 레이스 : 이때 물웅덩이Water Jump 길이는 허들을 포함
해 3.66m, 너비는 3.66m이다. 물웅덩이 바닥은 선수들이 물웅덩이를
뛰어넘거나 통과할 때 안전하게 착지할 수 있고 스파이크가 확실하게
찍힐 수 있도록 충분히 두꺼워야 한다. 물웅덩이의 수심은 최대 70cm
가 되어야 한다.

봄날

― 육상경기용 기구 창고 ―

문을 열자
어둠 속에서 화들짝 놀라 눈을 껌뻑인다
초록 페인트칠을 한 용기구 창고
오래 닫아둔 문 너머로
먼지 냄새가 데구루루
실타래 풀리듯 굴러 나온다

원반과 포환이 하품 한다
접혀져 있던 푸른 날개가
기지개를 켠다
스톱워치가 절로 돌아간다
거리 기록판 바퀴가
주인 만난 바둑이처럼 꼬리를 흔든다
장대 박스를 발로 차자 말문을 연다

눅눅한 요를 펴서 말리듯
햇볕에 매트를 깔아 뉘는
새 봄

스노보드 타는 법
– 발 구름판* 1 –

장대높이뛰기 바bar가 산이라면
발 구름판 너머는 물
강, 연못, 늪지 가장자리에 닿으면 파울이다
한 쪽 발이 물에 빠졌다
붉은 깃발이 펄럭인다

판때기 하나 때문에 주눅 들고
잘못 밟았다고
고개도 못 든다

발바닥으로 삶의 무게를 딛고
거인의 어깨를 박차고 뛰어 올라
구름 위에 올라선다

저 건너 세상이 다
내 차지다

*발 구름판The Take-off Board : 목재 또는 기타 견고한 재질로 만들어 흰
 색으로 칠해진 직사각 입방형으로 길이 1.22m, 너비 20cm, 두께 10cm
 가 되어야 한다.

시간이 가르쳐 주는 것

- 발 구름판 2 -

찔레꽃처럼 새하얗던 칠이
조금씩 벗겨져
붉은 양파 마른 겉껍질처럼
빛바랜 나무 속살이 드러날 무렵이면
이제사 내 속이 훤히 들여다 보인다

세월에 밟히는 것이
살아가는 일이라니

사는 일
– 초시계 –

복잡한 게 삶이라는데

태엽을 감는 누름 단추
용두龍頭를 한번 누르면
바늘은 잽싸게 달리기 시작하고
또 누르면 순간 정지

세 번 누르면
뒤도 돌아보지 않고 제 자리로 돌아가
약속처럼 서서 기다린다

가고 멈추고
또 다시 제자리로 돌아가는 것
아날로그 초시계처럼 단순한
사람 사는 일

어머니의 밥상

- 고무래질 -

짓밟힌 흔적이
생채기로 남은 트랙

트랙과 같은 높이로
시름을 밀어내고
기쁨을 펼쳐 넌다
흙을 그러모아 덮고 메우며
지워나간다

고무래질을 할 때면
어머니가 차려주시던 밥상이 그립다
새 반찬으로 늘 다시 차려내어 주시던
찌개가 끓고 있던
그 따스한 저녁

누구 없소
- 매트 -

커다랗고 두툼한 지우개를 닮은 내 몸
코를 모래 속에 처박고
어깨뼈가 돌부리에 깨지는
불안한 상상은 애써 지운다

누워있는 거니
서 있는 거니
아니면 돌아앉아 있는 거니

쿵 떨어져도
떠받쳐 줄 사람 없어
스스로 매트가 되어야 하는 날
나를 안아주며 다시
일어서게 해 줄 이는 누구일까

뒷모습

- 마커 -

내 보폭을 기억할까
꿈을 담아 접어놓은 이 종이비행기는

나아갈 길 앞에
오래된 습관을 내려놓고
발자국마다 새로운 기억을 남긴다

경기가 끝나는 시간까지
단 한번의 발 구름을 위해
걸음걸음을 이어주던
또 다른 코치

통 통 통 밝게 웃으며
트랙 위를 뛰어 다니더니
경기가 끝나자
붉은 트랙 위에 혼자 버려져
나뒹굴고 있네

허공에서
- 장대* 1 -

휘어지는가 했더니 다시 튕겨낸다
그 까칠한 반항심에 온몸을 싣는다
바를 넘으며
지니고 떠난 무거운 마음도
되돌려 보낸다

너를 두 손으로 떠받들며
함께 달리던 그 약속을
나는 잊지 않을 거다

장대는
눈 쌓인 산 너머 뜬 달 아래 일렁이는 산죽
푸른 생명의 DNA
대숲 사이로 바람이 불고 있다

*장대높이뛰기 장대Vaulting Poles : 선수는 자신의 개인 장대를 사용할 수
있으며, 소유자의 동의가 없는 한 다른 선수의 장대를 사용하지 못한다.

악기

- 장대 2 -

1.
명품 악기는 영혼이 꽃을 피운 살아있는 나무들
1703년 나체스 스트라디바리 바이올린
19세기 명장 페카트의 활
과르네리의 베아트리스 해리슨 첼로
1815년산 투르트의 드 라마레
다이아몬드로 장식한 첼로 활

2.
길이 445cm 유리섬유 장대
첫눈에 매혹된 야생마
눈에서 광채를 뿜고 있다
진동하는 육체의 관능미
단단하고 온화하며 매혹적인 춤사위 속에
따스한 피가 흐른다

3.
장대를 갖고 있는 것은 '나'이지만
나를 연주한 것은 장대였음을

박스* 덮개가 하는 말
- 장대 3 -

우습게 보지 마세요
술 취한 듯 검붉은 얼굴로 운동장에 누워
겨우내 바닥을 기다가
경기가 있을 때면 비로소
가면을 벗어 던집니다

그래 봐야
경기장 한 쪽에 비스듬히
쓰러져 있기 일쑤지만

겉과 속이 다르다는 걸
세상에 알리는 나는
표준 시계
세상의 중심인 장대높이뛰기
그 배꼽을 덮는 덮개랍니다

*장대높이뛰기 박스 : 장대높이뛰기 경기에서는 장대(폼)를 들고 달려
와 장대높이뛰기 박스라고 하는 매트 앞에 매설된 깊이 20cm 철제 틀
속에 장대를 세워 지지하면서 높이 오르게 된다. 멀리뛰기의 발구름판
과 같은 역할을 한다.

하늘에 줄을 긋다

 - 해머* -

초속 32m
알몸의 쇳덩이가
세상 밖으로 뛰어 달아난다

줄과 손잡이만 매단 얼굴 하나
날개를 달고
허공에서 춤을 춘다

은빛 실금 그으며
사람의 마을 한가운데로 뻗어나간다
빛처럼

*해머The Hammer : 금속제 머리 부분과 접속선wire 및 핸들, 세 부분으로 이루어져 있다. 머리 부분은 견고한 철구鐵球 등으로 만들어야 한다. 최소 중량은 여자는 4kg, 남자는 5kg~7.260kg이다.

날아라, 철퇴鐵槌

냄새나는 세상을 꾸짖는
단호한 질책
일벌백계

관행, 비방 광고, 짝퉁이 나뒹구는 세상
으깨버려야 할 것이 있다면
철퇴가 날아다니게 하라
원심력의 잠을 흔들어라

타격 무기의 본능을 깨워라
내리쳐라
적의 쇠 갑옷을 뭉그러뜨리고
방패 뒤에 숨은 심장을 도려내어라

뼈마디가 부딪는다
여름날 분수처럼
끓어오르는 오르가즘

워밍업 트레이닝 경기장

선수들이 지나가자
쇠 갑옷 부딪는 소리가 난다
칼날 부딪히는 소리
방패 소리, 투구 소리
멀고 가까운 곳에서 깊고 높게
말 울음소리가 들린다

이곳은
기자들도 못 들어오는
무대 뒤 분장실

경기는 아직 시작되지도 않았는데
어느새 또 다른 싸움이 시작되었다
경기장에 설 때까지
1초 전까지 다툰다

뜨겁고 눅눅한 바람이 분다
선생님 목소리가 흩어진다

'다른 선수들 몸 푸는 것을 잘 봐둬라
그게 진짜 공부다'

아름다운 멈춤
- 스톱보드* -

서클 앞에 둘러쳐진 원호 모양
길이 120cm 나무 턱
흰색 발막음대

밟거나 넘게 되면 무효다
넘어서면 안 될 선 앞에 멈추어 서서
나를 되돌아보는 자리

세상살이는 늘
금단禁斷의 서클 안에 있다
반 뼘 10cm 높이
나무판 앞에서 만나는
엄한 스승

*스톱보드The Stop Board : 포환던지기 경기에서 포환을 던지게 되는 서
클 앞쪽에 설치하는 것으로, 발이 밖으로 나가지 않게 막아주는 원호
모양의 틀이다.

테이크 오버 존Take Over Zone*

− 배턴 −

20m
스타트라인 앞으로 10m
뒤로 10m

심장 박동 소리
용광로 쇳물로 끓고
허파는 숨 가쁘게 파닥인다

이곳은 4차원의 공간
시간의 횡단보도에 온갖 이야기들이
파편이 되어 깔려 있다

인연을 묶고 푸는 해빙기의 강
시작이며 끝인 그리고 또
다시 처음인 포구

면회 온 연인과 헤어지던
위수지구衛戍地區의 끝
20m 테이크 오브 존

*테이크 오버 존Take Over Zone : 육상 경기 릴레이에서 배턴을 주고받
는 구역. 모든 릴레이 레이스에서 배턴은 테이크 오버 존 내에서만 패
스해야 한다. 테이크 오버 존 바깥에서 배턴을 패스하면 실격이다.

시상식

커튼콜이다
우리 무대에 앙코르 곡은 없다

메인스타디움 푸른 하늘에
내 나라 국기를 펄럭이게 하려는
열망이 얼마나 강한지
그대는 모를 거다

사람들을 벌떡 일으켜 세우는
고압 전류 같은 마법에
온몸이 감전된다

누가 이보다 더 강렬하게
웅변을 할 수 있을까

육상경기, 그 전방위적 에스프리

– 서상택의 「육상경기장」에 대하여

신 중 신(시인)

　어느 누군가가 남들이 관심을 두지 않던 문제에 일관되게 매달리든가, 한 걸음 나아가 특정 소재에 관하여 집중적으로 탐색하여 진경을 일구어낸다면 그 자체에 아름다움이 내비친다. 일반인이 피상적으로 알고 있던 사안을 깊이 들여다보고 속내를 폭넓게 들춰냄으로써 그 대상 세계를 다중에게 보다 참신하고 명료하게 감각케 해주기 때문이다. 게다가 그것이 소기의 성과를 얻을 경우 거기에는 새 경지를 개척했다는 영예가 따른다.

　월터 휘트먼은 평생을 통해 시집 「풀잎」에 새로운 시편을 추가·보충하며 중판을 거듭하는 동안 미국의 개인·평등주의, 노동판의 우애, 육체에 대한 찬미, 광대한 자연의 조망 등 이를테면 미국인이 자랑할 만한 정신과 민주주의를 현양했으며, 한용운은 일찍이 「임의 침묵」을 발간하여 '임만이 임이 아니라 기른 것이 임이다. 중생이 석가의 임이라면 철학은 칸트의 임이다. 장미화의 임이 봄비라면…'라고 천명하며 외곬의 관심사,

즉 불교적 철리와 명상의 세계를 임에 의탁하여 줄기차게 노래한 바 있다.

이제 서상택이 오로지 육상경기를 제재로 하여 전율스런 긴장감과 응집력, 고독과 환희, 스피드와 지구력, 투혼의 빛과 그림자 등 그 현장을 시로 승화시킨 사실과 맞닥뜨리면서 우리는 그의 촉수觸手와 성취에 우선 박수를 보내야 마땅하다. 낱낱의 시편들이 각 경기 종목의 열정적인 현장 답사나 미학적으로 포장한 홍보 효과와는 달리 경기에 관련된 스냅 가운데 열광 저편의, 동작 이면裏面의, 현실 이상의 진실을 포착해내 언어와 운율로 형상화한 시작품으로 끌어올리는 역량을 보여 주는 탓이다.

이를 두고 T. S. 엘리엇은 「전통과 개인의 재능」에서 다음과 같이 지적했다. '…시론의 또 한 가지 면은 시와 그 작자와의 관계이다. 이 점에서 나는 하나의 유추에 의하여 원숙한 시인의 정신과 미숙한 시인의 정신 간의 차이는, 확실히 어떤 개성의 가치에 있는 것도 아니고, 반드시 흥미 있는 점이 많다 적다, 또는 내용의 풍부 여부 등이 아니라, 그것은 시인의 정신이 특수하고 다양한 감정을 마음껏 자유로이 구사하여 새로운 결합을 이루게 하는 세련되고 원숙한 매개체가 되는 데에 있다는 것을 암시한 바 있다.'

나는 서상택이 이 시집에서 '특수하고 다양한 감정을 자유로이 구사'한 점과 '세련된 매개체'를 이룬 점에 주목하면서 말문을 연다.

역주力走의 번뜩임, 그 메타포

시에 있어서 소재와 리듬, 그리고 언어 삼각은 내제토 혼연일치가 되는 게 순리다. 우선 육상경기 중 달리기를 소재로 한 시편의 제목을 일별하면 「바람을 꿰뚫고」, 「질주무림疾走武林」, 「광각렌즈 속 풍경」, 「트랙의 격투기」, 「사투」 등 소재의 특성이 피부에 닿도록 긴박감이 접해진다.

달리기는 그 속성상 순간의 무한 경쟁이다. 경기는 '생각할 겨를 없이 단 한번이'고 '전력 질주할 에너지가 없으면/ 아예 나서지도 마라'(「무한질주」)이다. 달리는 것 외엔 '다른 것은 보이지 않는/ 눈 먼 자들의 질주'(「광각렌즈 속 풍경」)이다. 소재는 여지없는 경쟁 일변도이고 승리 외의 가치는 일체가 잠적된 살벌한 장이다.

시인은 이런 소재에 부합되게 리듬 감각에 있어 호흡이 세차고 빠르며 심장 박동은 거칠다. '몸의 음표들이 스타카토를 물고/ 오선지 같은 트랙을/ 숨 가쁘게 지나간다'(「결승 경기」) '무겁게 저리다/ 팔, 다리, 엉덩이 근육이/ 비명을 지른다/ 산소 없이 달린다/ 단거리 무한질주'(「무한질주」) 같은 시행은 템포가 어김없이 악상 부호의 알레그리시모allegrissimo가 아닐 수 없고, 표현 속엔 관념의 액세서리나 동작의 꾸밈음ornaments 한 점 개입될 틈서리 없이 긴장감만이 지배한다. 시인의 감정 절제가 읽는 사람의 숨결을 다잡아 끄는 것도 매력이다.

그의 언어감각은 어떤가?

깜짝 놀라는 사이
수면을 박차고 튕겨 오르는
농어의 농염한 몸짓

몸부림 끝에
은빛 비늘 조각을

벚꽃무리처럼 허공에 흩날린다

핏빛 아가미가
손짓하듯 숨을 쉰다
유리 파편이 날카롭게 빛난다
한 순간의 삶이 꿰뚫는
치열한 몸부림

-「바람을 꿰뚫고」에서

'은빛 비늘 조각', '유리 파편이 날카롭게 빛난다'와 같은 어구는 객관적인 사상事象 묘사를 뛰어넘어 에스프리에 스파크를 일으킨다. 트랙경기 중 가장 치열하고 폭발적 탄력을 요구하는 100m 레이스에서 선수의 기민한 돌발성을 수면에 튀는 농어로 비유하고, 나아가 그 튕기는 몸짓에 따라 파생하는 물방울을 공간에 각인刻印시키며, 또 절박한 찰나를 '핏빛 아가미'로 거듭 은유하고는 '유리 파편이 날카롭게 빛나'는 것으로 환유metonymy한다. 「질주무림」에서는 제목부터가 예사스럽지 않으려니와 '길들여지지 않은 감각의 가시/ 꼿꼿이 선 창날이/ 살을 찢고 살아 솟구친다'의 시구에서도 유사한 성질의 메타포가 살펴진다.

서상택의 육상 시편들에선 남성적 힘의 넘침, 격렬한 움직임, 탄산수의 미각 같은 짜릿한 환희가 들끓는다. 즉물적으로 보자면 그것은 경기에 몰두하는 몸짓, '바람의 어깨에 몸을 부딪치며' 달리는 다리, '갈증 난 기억 세포가 환상을 쏟아내는' 성기자들의 자태로만 읽혀지나 속을 들여다보면 풍정 이상의 델리킷한 요소가 배어난다. 그것은 문학의 윤활유로 기능하는 성적 알레고리

이다. 앞서의 「무한질주」에서 '전력 질주할 에너지가 없으면…'
은, 좀 우스꽝스런 비약이긴 해도 '그것이 죽은 놈의 콧김만도 못
했다'(V. 나바코프의 소설 「창백한 불꽃」)라는 문장 그것과 크게
다르지 않기에… 다음 시행은 시인의 의도 여하와는 상관없이 육
체의 축제가 성행위의 상상적 영역에 오버랩 되고 있음을 느낄 수
있다.

> 타격 무기의 본능을 깨워라
>
> 내리쳐라
>
> 적의 쇠 갑옷을 뭉그러뜨리고
>
> 방패 뒤에 숨은 심장을 도려내어라
>
>
> 뼈마디가 부딪는다
>
> 여름날 분수처럼
>
> 끓어오르는 오르가즘
>
>   – 「날아라 철퇴」에서

각 종목에서의 빛과 음영을…

서상택의 시들은 형태상으로 획일적이지 않거니와 시적 실체
에 접근하는 방법상에 있어서도 상식의 허를 찌르는 게 드물지
않다. 우리는 시작상詩作上의 이런 포즈를 어떤 틀에 붙박혀 있지
않다는 뜻으로 다이나믹 하다고 말한다.

가령 「광각렌즈 속 풍경」은, 100m 레이스에서 스타팅 블록에
발을 맞춘 후 규정대로 이동을 하여 스타트 라인을 박차고 나가기
까지의 시간적 추이에 따른 소묘를 건조한 문맥으로 전개하고 있

다. 10,000m 레이스를 노래한 「어떤 희망」에선 '더 이상 가난하게 살 수 없어/ 사랑하는 너를 놓칠 수 없어/ 포상금을 타면 사랑을 고백할 거야'나, 「밥과 눈물—마라톤 5」에 '오리엔트 손목시계가/ 최고의 상품이었던 그 시절/ 대회 우승을 해야 맛볼 수 있던/ 자장면 한 그릇'의 시행으로 육상선수들의 현실적 생활 고리, 회고적 페이소스가 옛 앨범 속의 사진처럼 정감으로 다가든다.

그런가 하면, 「몸, 달리다」는 800m 경주에 나선 선수들의 일거수일투족을 마치 슬로우비디오에서 보는 바처럼, 인체의 조건+생체 리듬이 매우 과학적이며 현미경 속의 피사체처럼 관찰된다. 복싱 경기에서 상대를 가격할 때 복서의 입술에서 번지는 입김, 일격을 당한 상대방 얼굴의 젖혀짐, 그 언저리에 파열하는 땀방울을 연상시키기에 충분하다.

달리기라고 해서 다리를 재게 놀려 빨리 뛰는 그런 육체적 행위만은 아닐 터이다. 이런 단선적인 편견을 깨뜨리는 것은 결코 사소한 일이 아니려니와 혼의 성숙을 추구하는 시인의 몫으로는 더구나 간과해선 안 될 게다. 인간의 모든 활동은 육체+정신이라는 등식이 경기에서도 예외가 아니리라. 마라톤 경주에서 또한 그 두 구성 요소의 합일과 상승작용에 의해 도모될 것이니까.

영혼은 무중력 사이에 머물러 있고
몸은 위, 아래로 나뉘어져
삐걱거리는 관절이 불길한 소리를 내뱉는다
예리한 봉승이 가슴을 꿰뚫는나
에너지가 소용돌이친다
먼 곳을 흐르던 유성이 은빛 물거품을 뿜더니

뼛속으로 스며든다

이윽고 메인스타디움
거대한 모터 소리가 들린다
그 함성에 이끌려 작은 먼지뭉치처럼
진공청소기 속으로
지구의 핵을 향해 내가 빨려 들어간다

내가 없다
아니, 온 세상이 나뿐이다

— 「없다, 아니 있다」에서

　이 시행은 경주자의 의식에 앵글이 맞춰 있다. 도착지점에 가까이 온 선수는 과연 자신이 거대한 환경 속의 작은 사물, 아등바등하는 독자적 존재로서의 인식을 갖게 될 법하다. 적어도 여기에 이르기까진 자기 내면과의 싸움에 몰두하다가 환호성이 진동하는 그라운드로 들어서선 돌연 '내'가 실종('내가 없다')되기도 하려니와, 자신이 전 세계를 품에 안은 듯한 착각('아니, 온 세상이 나뿐이다')에 젖어드는 걸 상상키 어렵지 않다. 서상택은 자신이 시적 자아自我가 되어 시 한복판으로 뛰어든 양상이다.
　이 시집에서 전체적 분위기와는 다른 시편이 눈길을 끄는 점 또한 세상 이치 그것이겠다. 운동경기는 피땀의 연속이나 경련하는 근육의 진실, 또는 순간순간이 빚는 동작의 아름다움 등 긍정적이며 옛 희랍의 영광된 잔영殘影만 엄존하는 게 아니란 거다. 절망과 좌절, 침묵과 회한의 도사림에 주의를 환기시킨다. '텅 빈 길/ 한 그루 나무로 남을 때까지'(「독거獨居-마라톤 1」)가 그렇고 '낙엽비만 하루 종일 보고 있었다// 떨어지는 법을 가르쳐주는 스승'(「스승——장대높이뛰기 4」) 또한 마찬가지다. 다음 시를 음미해 볼 일이다.

내가 나를 던진다

모래 바다에
바닥 모를 늪에
꽁꽁 언 겨울 강에
전갈이 잠든 사막에
물 마른 돌바닥 개천에
비린내 나는 질척한 어시장 바닥에
사정없이 나를 버린다

그렇게 살아야
제대로 사는 거다
　　　　　　　　　　　– 「살아가는 법 – 도약경기 선수」 전문

　이 시편은 간명한 언어로써 한 장의 이미지만 내놓는 방식을 취한다. 그렇지만 행간 속의 상징을 통해 불가佛家의 등신불 같은 공양供養과 전신적이며 몰아적인 투신을 조형한다. 이와 함께 '물의 허리 곡선과/ 바람의 살결을 애무하며/ 미친 듯이 숨을 쉬라/ 부드러움이 강한 것을 이긴다'(「기술-허들 레이스」)의 무드, 또 앞서의 성적 알레고리와 묶어서 생각할 때 나는 옥타비오 파스의 지적(「이중 불꽃」 중 〈태양계〉)이 절로 상기될 밖에 없다.

'에로틱한 경험의 절정, 즉 오르가슴에 이르게 되는 행위는 묘사가 불가능하다. 그것은 극단적인 긴장으로부터 가장 완전한 자포자기로, 온 마음의 집중에서 자아의 망각으로 가는 지각 행위이다. 1초의 공간 안에서 대립적인 모든 것들이 상호 결합된다. 자아의 긍정과 그것의 해체, 상승과 추락, 저기와 여기, 시간과 무 시간. (중략) 따라서 모든 사랑은 가장 황홀한 경우조차도 비극적이다.'

맺음말

이 시집에는 모두 74편의 육상경기 종목에 관해 특이하고도 밋밋하게 창작된 시편들이 파노라마로 펼쳐진다. 시인이 시의 현대성을 체득하고 있다는 점에서, 경기 광경을 서술하거나 영탄詠嘆하지 않고 상징과 메타포를 빌려 구현했다는 점에서, 그리고 작시에 있어서 극도의 긴장을 유지하는 점에서 우리는 신뢰를 보내지 않을 수 없다.

더러 경기 규칙을 계도하는 글이나 규율의 한계에 대한 경구警句 등 시 외적인 언급이 있어 시의 정도를 비켜가는 게 아닌가라는 우려를 가질 수도 있겠으나, 이 시집의 발간 취지를 유념하면 그렇게 티 될 바 없지 않을까. 그보다는 '메인스타디움 푸른 하늘에/ 내 나라 국기를 펄럭이게 하려는/ 열망이 얼마나 강한지/ 그대는 모를 거다/ 사람들을 그 자리에 벌떡/ 일으켜 세우는 고압전류 같은 마법에/ 온몸이 감전된다'(「시상식」)의 시구가 국민감정을 자극해 은연중에 감동에 젖게 하는 그 순기능에 주목해야 하리라.